COUVERTURE SUPERIEURE ET INFERIEURE
EN COULEUR

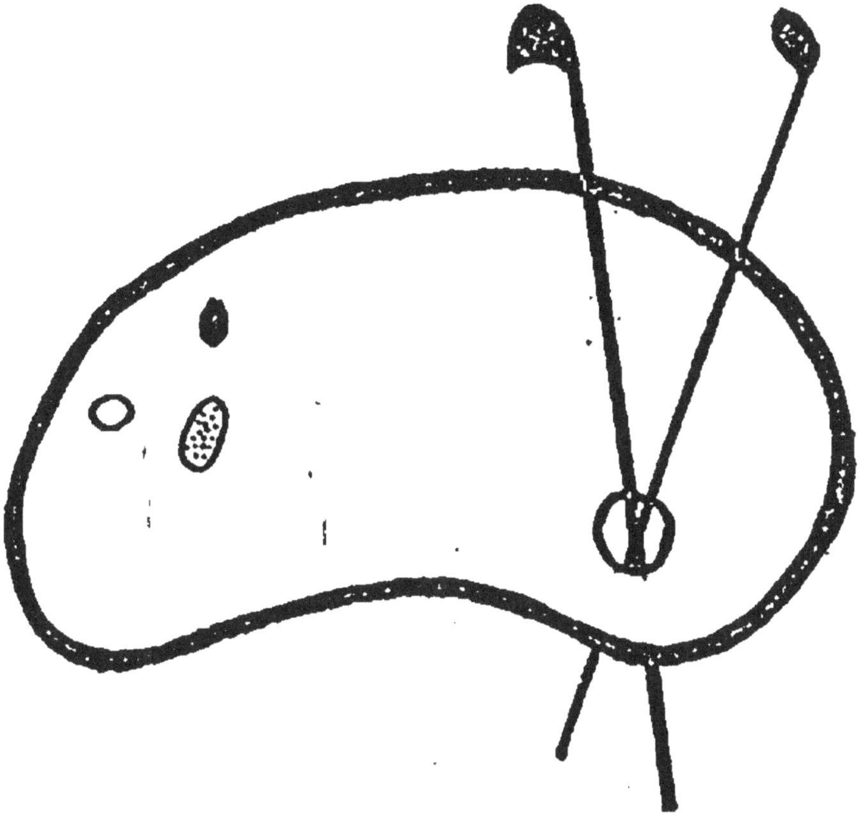

SEDIR

LES SEPT JARDINS MYSTIQUES

1918

—

Au Comité central des Conférences
Sedir, a Paris, 31, rue de Seine (VIᵉ)

SEDIR

LES SEPT JARDINS
MYSTIQUES

Pour la vente, en raison des circonstances actuelles, prière d'envoyer un mandat-poste de Trois francs au Comité Central des Conférences Sedir, 31, rue de Seine, Paris, VI⁰.

J'offre ces notes aux
Amis, afin qu'en les lisant
ils prennent le goût des
études attentives, pour
ensuite parvenir à l'ignorance omnisciente des
Pauvres en esprit!

LES SEPT JARDINS MYSTIQUES

Vous éprouvez le besoin, mes Amis, de vous rendre compte avec précision du degré spirituel où vous êtes parvenus. Je vais donc essayer de vous construire un système dans les compartiments duquel vous vous placerez. Car votre désir est légitime ; et si j'ai différé longtemps d'y satisfaire, c'est parce que j'espérais vous maintenir dans cet état d'unité simple où la seule ardeur de servir Jésus fond ensemble et sublimise toutes les actions, toutes les pensées, les repentirs, les élans et les fatigues.

A la minute surhumaine où vous fîtes au Maître le don de vos personnes, vous connûtes cette unité. Il n'est pas surprenant que vous n'ayez pu vous y maintenir. Mais ne perdez pas courage : nous nous hausserons ensemble à nouveau, Amis très chers, car si Dieu me le permet, je ne vous quitterai pas,

soit que vous montiez, soit que vous descen-
diez.

Toutefois, gardez-vous d'ériger en
idoles les analyses, les classifications, les
règlements; ne prenez pas les moyens pour
les buts. Scolastiques, ésotérismes, expé-
riences de psycho-physiologie, ce sont des
instruments de travail et non le travail lui-
même. Comme le répète volontiers l'un
d'entre nous, ce n'est pas en lisant des
manuels de gymnastique qu'on devient un
athlète, c'est en faisant travailler ses
muscles. La seule lecture de Directoires d'ascétisme ne vous élèvera pas à la sainteté.

Ce que je vais vous dire, ce n'est que la
bonne tenue des outils sur l'établi; de vous
seuls dépend que vous deveniez d'habiles
compagnons, drus à l'ouvrage et durs à la
fatigue.

Plusieurs ont autrefois médité avec
l'arhat dans la cellule blanche, devant la
vieille image de bois doré ; d'autres ont
déchiffré les antiques hiérogrammes, d'autres
ont lu Cassien, et Terese d'Avila, et Jean de
la Croix et le suave évêque de Genève. Vous
avez vu des flammes, des rochers, des châ-

teaux ; or, c'est la Lumière d'où sortent ces flammes qu'il faut chercher; non pas la Lumière qui leur est commune, mais celle qui brillait antérieurement et qui, à la fin, envahira l'univers ; c'est la montagne où s'étagent les rochers qu'il faut gravir; c'est la maison perdurable, dont les châteaux ne sont que les copies, où je vous invite à entrer.

Le peuple de la Lumière comprend toutes les créatures; toutes naquirent enfants de Dieu ; mais la plupart sont devenues des enfants prodigues. Cependant, même ceux-ci marchent malgré tout et sans le savoir vers la maison paternelle ; le monde est un labyrinthe dont les sentiers les plus tortueux conduisent invinciblement au Centre. Et les voyageurs ne se distinguent que par la hâte ou l'indolence, la rectitude ou les détours de leur course. Ils sont en tout cas responsables du moindre retard.

Beaucoup des enfants du Père vagabondent dans Ses campagnes en quête de malfaisance; c'est l'énorme troupeau dont vous êtes appelés à devenir les chiens vigilants, fidèles à la seule parole de l'unique Pasteur.

C'est pour eux que sont vos exemples, vos fatigues, vos tendresses et vos larmes implorantes.

Mais il y a aussi les enfants sages. C'est la minorité que cherchent à instruire les prêtres, les moralistes et les ascètes. Ils ont admirablement analysé les phénomènes de la vie intérieure, les nuances de la sensibilité contemplative, et ils ont établi leurs Manuels sur ces diagnostics. Je crois le classement des états de la volonté pour l'action plus vrai, plus réel que celui des états psychiques pour la contemplation.

Voici quelles images, ou plutôt quels faits spirituels je propose à votre étude.

⁎
⁎ ⁎

Le Maître est bien le seigneur d'un château merveilleux; le Ciel est bien l'éblouissante lumière animant toute flamme, et la voie étroite escalade bien les rochers de la montagne mystique. Mais le Verbe Se nomme d'abord le Dieu de la Vie; Son action sur le monde consiste à y multiplier la vie; le travail essentiel de Ses serviteurs, c'est une agriculture spirituelle. De la sorte, quiconque se soucie pratiquement des choses divines est un jardinier.

Il vous sera facile, mes Amis, de pousser les détails de ce symbolisme ; nos laboureurs ne font que reproduire sur la glèbe terrestre les soins que prennent les anges des champs de leur Maître, car rien n'existe ici qui ne soit d'abord là-haut.

Disons donc qu'il y a sept jardins dans l'enclos du Bon Pasteur ; ils se succèdent en occupant, hélas, un nombre d'ouvriers de plus en plus petit, tandis qu'augmente en sens inverse la difficulté du travail et sa complexité. Ces enclos dépendent les uns des autres, du premier au dernier : et la beauté de chacun d'eux se ressent de l'état de tous les autres. Aussi, le plus infime des tâcherons doit-il se souvenir sans cesse que la moindre de ses négligences compromet l'œuvre entière ; telle faiblesse que je me permets ici rendra peut-être un crime possible à l'autre bout du monde ou empêchera peut-être au siècle prochain l'éclosion d'un chef-d'œuvre.

.˙.

Dans la première enceinte se trouve la foule qui s'attache seulement aux formes extérieures de la religion.

Dans la seconde se tiennent ceux qui ne prient que lorsqu'un besoin urgent les aiguillonne.

Chez les habitants de la troisième enceinte le désir de la perfection est né.

Ceux de la quatrième ont pris des résolutions enthousiastes de servir Dieu.

Mais ceux de la cinquième savent être complètement attentifs à ne plus se permettre la moindre faute.

Les travailleurs du sixième jardin sont toujours prêts à tous les sacrifices.

Et enfin ceux du septième sont les pauvres véritables, débarrassés de tout souc d'eux-mêmes.

Vous le savez, mes Amis, ce ne sont pas nos actes que pèse le juste Juge, mais nos mobiles; nous nous classons de nous-mêmes dans l'un ou l'autre de ces jardins selon la qualité de l'amour qui nous incite et en second lieu selon nos œuvres. L'amour qu'on peut ressentir pour Dieu ou pour le prochain demeure un fantôme si on ne lui donne vie par des actes. Et nos œuvres les plus charitables sont mortes si l'Amour ne les anime.

Prenez donc garde à l'écueil où se heurtent presque toutes les barques. L'immense majorité des spiritualistes sont des imaginatifs et des utopistes chez qui le sens du réel s'émousse ou la volonté s'anémie. Ils se promènent dans leurs rêves en exhalant des soupirs ; et quand leurs négligences leur amènent des échecs, ils se couchent en gémissant : « Que faire ? Je ne suis rien ; le Ciel le veut ainsi. » Ils souffriraient n'importe quoi plutôt que de déranger leur paresse.

Nous sommes tous un peu répréhensibles sur ce point, mes Amis ; souvenons-nous en ; souvenons-nous du vers de La Fontaine :

Aide-toi, le Ciel t'aidera.

Souvenons-nous du verset de l'Évangile :

Les violents s'emparent du royaume des Cieux.

* *
* *

La foule du peuple chrétien ne l'est que de nom ; ils vont à l'église parce que c'est

la coutume et pour faire comme tout le monde ;
mais ils ne pensent jamais à Dieu ni aux
pauvres ; leurs préoccupatio r ne se dirigent
que vers le temporel.

Il faut les sortir de cette inertie sans les
contraindre ; Dieu ne prend que les cœurs
qui se donnent. Il faut parler à ces gens, mais
avec une bienveillance patiente ; il faut leur
laisser comprendre qu'on doit offrir à Dieu
un peu plus que la demi-heure de messe
dominicale trop souvent remplie de médi-
santes vanités ; il faut leur faire entrevoir
que la privation volontaire d'un plaisir au
bénéfice de quelque affligé plaît davantage à
Dieu qu'une assistance distraite à un office. Il
faut surtout leur offrir le bon exemple, un
exemple allègre et souriant. Il faut par-
dessus tout intercéder pour eux, présenter
pour eux des sacrifices, jeûner spirituelle-
ment, et quelquefois corporellement.

C'est là notre travail principal, mes
Amis.

Dès que vous les voyez se mettre un peu
à l'ouvrage, apprenez-leur la précision dans
l'effort ; qu'ils notent chaque soir leur fautes
de la journée ; qu'ils comparent les jours, les

semaines et les mois; qu'ils s'astreignent
dans le moral à toute la rigueur des entraînements de l'athlète professionnel. L'égoïsme
se dérobe avec tant de souplesse, il regimbe
au frein avec tant de violence que le néo-
phyte n'emploiera jamais trop de fermeté
minutieuse pour le réduire.

*
* *

Les ouvriers du second jardin ressentent
le désir de prier; ils en prennent le goût;
mais leur prière n'est souvent que de la pieuse
rêverie et ils négligent parfois d'agir. Ils
n'accordent pas assez d'importance aux
petites fautes. Or, qui n'est pas fidèle dans les
petites choses ne le sera pas dans les grandes.

Le travail, dans ce jardin et dans le sui-
vant, consiste à sculpter en soi-même une
image, la plus ressemblante possible à la
forme du Verbe qu'on y aperçoit. Au quatrième jardin seulement descend l'éclair de
la grâce et s'anime la statue. Il faut donc
suivre l'exemple de la Nature qui bâtit les
montagnes géantes avec des milliards de par-
ticules qu'elle agrège le long des siècles par

un labeur infini de constance et de régula-
rité.

C'est pourquoi les commençants précise-
ront leur discipline : discipline des heures, au
moyen d'un emploi du temps ; discipline
morale, par des examens de conscience minu-
tieux, par une lutte sévère contre le défaut
principal, par des aumônes, par la suppression de diverses superfluités dans la nourri-
ture, le vêtement, le confort ; discipline du
mental par l'usage quotidien de la méditation.

En outre des prières du matin et du soir,
il faudra entretenir avec Dieu un commerce
d'intimité. La ferveur est tiède à cette
période et l'attention superficielle. Amener
le mental à une fixité satisfaisante en con-
centrant ses forces, prendre une conscience
plus nette des besoins intimes, préparer des
actes plus substantiels, tel est le but de la
méditation.

L'ésotérisme a résolu le problème par
des entraînements scientifiques progressifs ;
obtenir une santé corporelle parfaite, puis un
équilibre harmonieux de l'organisme magné-
tique, puis une maîtrise des perceptions intellectuelles, puis un contrôle en soi du prin-

cipe pensant, telle est la marche qui permet aux Orientaux d'atteindre au monoidéïsme précurseur de l'extase. J'ai expliqué ailleurs en quoi cette méthode est illusoire et dangereuse.

La méthode de l'Évangile est inverse ; elle ne s'occupe que d'exalter le centre de l'être, la racine de la volonté ; vous la connaissez ; je vous la rappellerai d'ailleurs en terminant ces pages.

Entre ces deux méthodes extrêmes, la théologie catholique en a instauré une mixte, qui cherche non plus à régiminer les forces physiques et hyperphysiques, mais à émouvoir le cœur par le moyen de l'intelligence. Vous reconnaîtrez là l'influence de la philosophie d'Aristote, fille du rationalisme hindou et inspiratrice de la scolastique.

Remarquez ceci ; l'intellectualisme exclusif enferme l'homme dans un paysage clos, bien que peuplé de formes belles et pures ; pour atteindre Dieu, le mystique doit sortir de la logique ; les énigmes essentielles : l'Absolu et le Relatif, la divinité de Jésus, la conquête du Royaume, se résolvent seulement par une perception supra-intellectuelle ;

dès lors, on voit que les disciplines cérébrales restent dans l'ascétisme un moyen, et ne doivent jamais être prises pour un but.

Mais ce moyen est puissant ; il faut l'employer avec calme, méthode et persévérance ; il faut y consacrer tout le temps utile, quitte à retrancher sur d'autres occupations moins fructueuses.

Les directeurs de conscience les plus graves conseillent, si l'heure presse le matin, de poursuivre la méditation au cours des travaux du jour, durant les minutes de délassement qui les séparent. Ceci est affaire de zèle et d'initiative personnelle. Celui qui brûle du désir de Dieu ne craindra pas de prendre sur son sommeil. Mais je ne conseille pas de penser à Dieu ou de Le prier en même temps qu'on travaille ; l'une et l'autre chose seraient mal faites ; l'avenir est encore loin où il nous deviendra possible de mener deux besognes simultanément.

Chaque ordre religieux suit une méthode particulière pour la méditation ; celle que je vous indique ici s'adapte plus spécialement aux conditions incommodes de la vie que vous menez, parmi les exigences multiples de vos devoirs familiaux, sociaux et professionnels.

Ingéniez-vous à réserver une demi-heure le matin pour cet exercice ; mais si votre santé ou vos charges vous empêchent, sachez bien que votre progrès dépend d'abord de la profondeur et du nombre des sacrifices offerts à Dieu pour le prochain. En tout cas, ne consacrez jamais plus d'une heure à ce colloque silencieux.

MÉTHODE DE MÉDITATION

1° Se mettre en la présence de Dieu. Il est partout ; spécialement Son Fils unique, le Verbe Jésus, est là, me voit, m'attend, et dirige sur mon cœur le souffle ineffable de l'Esprit. Je les adore tous trois, j'implore leur aide, leur pardon.

2° Je fixe ma pensée sur un mystère, sur une vertu qui me manque, un défaut à guérir — ou mieux encore sur une des scènes de l'Évangile. Je porte mes réflexions sur cette vérité, cette vertu ou ce défaut ; je recherche leur nature, leur mode, leur influence, leurs conséquences. Oubien je me représente Jésus, dans la scène choisie. D'ailleurs cette scène existe toujours dans la Lumière ; mon esprit peut l'y retrouver, si je sais m'émouvoir par une ferveur croissante de la compassion à l'admiration, puis à l'adoration.

3° Quand mon cœur attendri s'élancera vers l'objet qu'il désire, je ferai un retour sur moi-même, considérant mon infériorité, ma misère, les vacillements de ma volonté; dénombrant tout ce qui me manque pour atteindre l'idéal entrevu dans l'instant.

4° Et puis je me tournerai vers Jésus, mon ami, mon unique véritable ami; je Lui rappellerai qu'Il a promis d'exaucer qui L'implore; je L'adjurerai par Ses souffrances : « Toi qui as eu faim, aide-moi contre ma gourmandise; ... toi, Seigneur universel, qui as obéi aux plus ignobles valets, sauve-moi de ma vanité; ... » Je Lui demanderai qu'Il me rende meilleur, uniquement afin que je Le serve mieux. Et je redemanderai la même chose à Sa Mère, la Vierge intercédante.

5° Enfin j'examinerai si mes élans sont purs, s'il ne s'y mêle point quelqu'amour-propre.

6° Puis je prendrai une résolution ferme et calme de faire telle chose, ou d'éviter telle autre, qui aient du rapport avec le sujet sur lequel j'ai médité. Et je me dirai bien que, si même je manque vingt fois le jour à ma résolution, je la reprendrai une vingt-et-unième fois avec le même calme et la même énergie.

7° De plus, le jour où cet exercice m'ennuiera, je le prolongerai de cinq minutes, afin de bien réduire la paresse.

*
* *

Si vous avez à vous occuper de quelqu'un de ces gens du deuxième jardin, donnez-leur l'habitude de penser souvent à Dieu; par exemple, chaque fois que l'heure sonne, de lui adresser un court et fervent souvenir.

En outre, traitez-les avec une affectueuse sympathie; compatissez avec douceur à leurs doléances; selon la maxime de l'apôtre Paul, soyez « tout à tous »; en même temps, fermes dans la direction, que vos conseils restent pratiques et portent sur des points précis; ne craignez pas d'entrer dans le détail.

*
* *

Dans le troisième Jardin travaillent ceux qui ont pris une résolution définitive de servir Dieu.

Ils suivent une discipline plus rigoureuse; la suppression des paroles et des soins inutiles, comme les visites mondaines, les spectacles de simple amusement, un choix plus sévère de lectures, le brisement systématique de leurs préférences ou de leurs commodités dans les plus petits détails : tel sera leur ascétisme.

Ils auront avantage à concentrer l'examen de conscience pendant chaque mois sur un point spécial : la pauvreté, l'humilité, la bienfaisance, l'amour-propre, le recueillement intérieur, la manière de prier, l'obéissance, le travail, l'attention, l'allégresse intime, la douceur, l'indulgence, par exemple — ou telles autres vertus qu'ils jugeront à propos de choisir.

Au lieu de n'adorer le Père que lorsque l'horloge sonne, ils Lui redonneront leur cœur et leur être tout entier, chaque fois que leur travail leur laissera quelques secondes de répit.

Leur état d'âme peut être suave ou aride.

Quand vous vous trouverez dans ce dernier cas, mes Amis, soyez généreux ; ne vous marchandez pas à Jésus ; s'Il paraît vous

quitter dans les régions conscientes de votre
esprit, c'est qu'Il se tient au plus près du
tabernacle même où brille Sa Lumière perpétuelle. Laissez-Le user de vous comme Il
l'entend; Il n'a jamais en vue que votre plus
grand bien. La patience, fille de l'abandon,
est plus forte que la révolte. Un seul arbre
porte tous les fruits spirituels, c'est l'arbre
de la Croix. Attachez-vous, accrochez-vous à
Jésus, étreignez-Le dans Sa Passion où Il a
enduré tout ce que vous endurerez jamais;
que votre moi meure avec Lui, et il ressus-
citera avec Lui, par le baptême de l'Esprit, à
la fontaine du dernier Jardin.

La méditation vous deviendra difficile;
le cœur aimant davantage, le cerveau raison-
nera moins aisément; inutile de l'y contraindre. Contentez-vous de parler à Dieu
avec tendresse; dites-vous qu'Il est là;
racontez-vous à Lui, avec vos inquiétudes et
vos espoirs, vos joies et vos lassitudes, vos
besoins et surtout les besoins de ceux qui
viennent à vous. Repassez tout ce que Jésus a
fait pour vous, Ses immenses travaux et les
délicatesses infinies de Son amour; et aimez-
Le de toutes vos forces pour tout cela.

Ici à peu près se termine ce que les auteurs catholiques nomment la vie purgative ; la vie contemplative commence.

⁂

Le quatrième Jardin est le plus important ; sa mise en valeur demande de nombreux ouvriers ; la plupart y restent toute leur vie. Ce sont cependant de bons travailleurs, durs à la fatigue et qui n'épargnent plus leurs peines. Le désir de plaire à Dieu a surmonté dans leur cœur le souci de leur salut personnel. Mais leur zèle est plus ardent que pur. Ce sont souvent des individus remarquables : orateurs, écrivains, administrateurs, fondateurs d'œuvres, ils attirent les regards du public et deviennent parfois célèbres.

Ils restent attachés à ce Jardin parce qu'ils s'attachent eux-mêmes à leurs propres talents. Quiconque veut le Ciel n'y monte sans arrêt qu'à la condition de prendre toujours le contre-pied de ses tendances, de ses instincts, de ses facultés. Ceci paraît à la sagesse humaine une folie, je le sais ; cependant c'est la maxime formelle de l'Évangile.

Dieu aime ces bons ouvriers; cherchant par tous les moyens à les éclairer sur leur valeur réelle, Il les soumet aux dures épreuves de la nuit des sens et de la nuit mentale.

Dans la première, le goût des choses divines s'affadit; les suavités célestes ne parviennent plus au centre affectif; dans la seconde, c'est la mémoire qui oublie Dieu, le jugement à qui les hautes pensées deviennent étrangères. On ne se sent plus rattaché à Dieu que par une foi nue; on sait que Dieu est là, mais sans émotion, comme on sait un axiome de géométrie. On veut demeurer avec lui, mais sans ardeur, comme on veut un devoir ingrat.

De plus, des tentations se surajoutent à ce double dévêtement; des convoitises oubliées, disparues, émergent plus puissantes qu'autrefois; ou bien le savoir perd son attrait; les puissances intellectuelles s'endorment ou se heurtent à des problèmes insolubles; ou bien encore on devient indifférent à tout, morne, incapable de déplaisir ou de joie, de crainte ou d'espérance.

Et le patient est martelé, forgé, cuit et recuit, pendant des années quelquefois. Il

ne peut qu'attendre, immobile et silencieux ;
chaque geste resserre la gêne ; chaque cri ne
fait qu'approfondir la solitude ; rien ne subsiste plus en lui que le vouloir accroché en
Dieu par un contact presque imperceptible ; et
la seule parole qu'il puisse murmurer, c'est :
Jésus, Jésus !

Je connais des disciples qui subissent
depuis dix et quinze ans cet affinage ; mais
ils brilleront comme des astres au Ciel mystique de l'humanité, parce que leurs souffrances sont profondes, inconnues et silen-
cieuses.

On peut aussi, par intervalles, recevoir
des visions, des révélations, exercer tels pou-
voirs miraculeux. Je ne mentionne ces inci-
dents que pour vous en rappeler l'importance
très secondaire.

.·.

Le cinquième jardin représente à peu
près ce que les docteurs nomment la vie uni-
tive.

La renonciation s'est étendue des plai-
sirs jusqu'aux peines ; les travailleurs ne
s'affectent plus de leurs échecs possibles ;

pourvu qu'ils apportent un soulagement à la
souffrance du prochain, ils se tiennent pour
satisfaits. Aussi leur énergie prend-elle un
caractère de sérénité plus qu'humaine. Ils
savent conserver la véritable solitude, la solitude intérieure au milieu du tracas des
affaires ; leur humilité ressemble à celle des
anges parce qu'ils expérimentent constam-
ment l'action divine en eux comme autour
d'eux.

Leurs désirs, leur raison, leur vouloir
ne se contredisent plus ; aussi obtiennent-ils,
même dans le temporel, les plus grands
résultats par les moyens les plus simples.
Dieu les aide d'autant plus, qu'ils se tiennent
toujours prêts à l'abandon de leurs mérites en
faveur des retardataires. Et par la pureté de
l'intention, qui toujours vise le Royaume,
les œuvres de ces hommes portent des fruits
aussi bien dans le présent que dans l'avenir.
Car, si aujourd'hui tel artiste enfante un
chef-d'œuvre, tel penseur élabore un monu-
ment auguste de science ou de philosophie,
tel prince crée un état social bienfaisant à la
multitude,— ce sont, plus qu'on ne l'imagine,
les souffrances inconnues de quelque pauvre

de Dieu qui ont évoqué antérieurement, par une conjuration irrésistible, l'ange de cette beauté nouvelle, le génie de cette idée, la dieu de cette organisation-nationale.

Pour travailler au cinquième jardin, il faut accomplir à la perfection tous ses devoirs, s'installer dans une prière continue, tout subir avec une patience inaltérable, demander à Jésus un travail nouveau dès que le précédent est terminé, et avoir reçu de Lui la paix surnaturelle.

Cette paix représente le premier souffle de l'Esprit ; peu à peu Il entrera en vous, amis de l'Ami ; Il assainira les chambres du temple, Il formera, en amont de votre entendement, une image des Cieux que vous contemplerez dans une pénombre translucide et qui vous procurera les certitudes évidentes.

Vous entrerez dans la voyance surintellectuelle ; que vous receviez les séraphiques ravissements ; que ce soit la seule pointe de votre volonté qui se repose en Dieu, tandis que tout le reste de votre être se débat dans le souci des affaires ; que l'ivresse des extases enlève votre corps malgré vous ; que votre esprit se concentre sur un mystère dont il expérimente la réalité sans en percevoir aucune image ni en former aucune démonstration logique : il n'importe. Ce n'est plus à vous de choisir les termes de vos entretiens avec Dieu. Votre initiateur, c'est l'Esprit.

C'est Lui qui vous donnera la Vérité ; soit par une impression indéfinissable quoiqu'invincible ; soit par une adhésion volontaire et libre dont Il vous procure le moyen ; soit par une perception, ni sensible, ni mentale, mais directe et immédiate ; soit par cette extraordinaire intuition face à face (*I Cor. XIII, 12*) où le Consolateur présente au Jardinier une peinture de l'Absolu faite spécialement pour lui.

Vous priez le Père, alors, par une adhérence de votre cœur, qui se portera en haut ou en dedans de toutes les notions conscientes, par delà le toujours, le jamais, le nulle part et l'ailleurs et l'ici.

Conservant à travers toutes les occupations la touche de la divine présence, vous n'aurez plus à méditer ; vos prières seront simples et libres puisque c'est l'Esprit qui priera en vous ; vos distractions plus rares,

comme les rides du vent d'été sur la surface
des eaux, s'éteindront d'elles-mêmes dans
la profondeur radieuse de l'Amour.

Les desseins du Père, les douleurs
d'autrui, les ténèbres à éclairer : voilà
désormais vos seules inquiétudes. Vous
pourrez donner l'or matériel et vos forces
humaines, mais aussi votre or spirituel et vos
collaborateurs angéliques. Vous apprendrez
à ne plus vouloir que ce que Dieu veut,
même dans les entreprises qui paraissent
bonnes au premier examen. Vous ne deman-
derez plus rien à personne qu'à Dieu ; vous
ne refuserez plus jamais rien à Dieu ni à ses
créatures.

Un tel état vous paraît inaccessible? —
Que non pas ; un assez grand nombre y parviennent et ce n'est d'ailleurs que le dernier rang de la hiérarchie des serviteurs
fidèles.

*
* *

Pour entrer au sixième jardin, outre la
maîtrise des travaux du cinquième, il faut
encore subir une troisième descente aux
enfers, une troisième mort intérieure, une
troisième nuit, celle du centre volitif.

La volonté se localise en plusieurs lieux de la personne humaine : dans le corps fluidique, dans le double, dans le centre passionnel, dans la pensée ; mais dans le spirituel se tient sa racine, la racine de l'individualité, la notion du « Je » central et du « Moi » centrifuge. Cette racine doit être purifiée du ferment de l'égoïsme tout en gardant sa propriété individualisante. Or, elle n'est rien autre qu'une réflexion de l'étincelle du Verbe sur le miroir de la conscience.

La nuit du sixième jardin, c'est donc un voile opaque jeté sur la splendeur de cette étincelle. Le patient se trouve semblable à un spectateur qui n'apercevrait plus, dans l'univers, que la bataille des intérêts, des convoitises, des forces ; rien autre que des chiffres et des épures, que de froides combinaisons mathématiques ; plus de charme, ni de grâce, ni de beauté superflue ; rien qu'une immense machine impitoyable ; rien que l'impassible Justice. Ses fautes, son impuissance, son incapacité générale, son incompréhension terrifient le pauvre de Dieu ; nul ne peut imaginer sans les avoir subies les tortures consumantes de ces terribles dénudements.

Terese d'Avila y est demeurée dix-huit ans,
le P. Surin, onze ans, César de Bus, vingt-
cinq ans. — Le plus incompréhensible, c'est
la fidélité perpétuelle de ces serviteurs.

Suspendus aux parois de l'abîme, ils
gardent leur foi, leurs vertus éminentes, leur
extérieur de calme et d'entrain. La solitude
intime, approfondie par l'impossibilité de se
confier à qui que ce soit, développe la pos-
session de soi-même et la faculté de conduire
simultanément deux occupations différentes.
La physiologie se transforme ; tel qui était
lymphatique s'équilibre en nerveux ; les
formes du corps, du visage, la démarche, le
geste, l'écriture, le parler changent, tellement est profonde la lutte contre les instincts
et les passions. Le Christ vient, et comme le
Magnificat raconte qu'Il a, dans le social et
dans le cosmique, exalté les faibles et ren-
versé les puissants, Il bouleverse tout l'être
de ces serviteurs et y opère une réorganisa-
tion équivalente à une naissance nouvelle.
Plus donc cette nuit se prolonge, plus magni-
fique éclate l'aurore et plus riches en sont les
promesses.

Les Anges visitent souvent ces éprouvés ; ils ouvrent leurs yeux aux extases et accomplissent leurs prières en miracles admirables ; car l'humilité s'approfondit dans cette ténèbre en même temps que l'Amour s'y épure. Mais ceci n'est pas une règle ; il se peut qu'aucun don ne console les pénitents, que rien d'extraordinaire n'arrive ; aussi, pour ce jardin comme pour tous les autres, les seules marques du degré acquis sont la pureté du vouloir et l'ardeur d'agir.

⁘

C'est pourquoi il existe un septième jardin. Dans le sixième, un désir personnel subsiste encore, un seul : celui d'atteindre le sommet de la montagne ; les travailleurs ont conscience de leur état ; ils savent où ils en sont et c'est cela qui leur barre la nudité parfaite du Pauvre en esprit.

Aussi leur faut-il subir un dernier affinage. Vous pouvez vous le représenter ainsi.

Les anges allumeront dans votre cœur un amour tellement ardent que si ce transport durait plus de quelques minutes, vous mourriez. Ce sont les premiers symptômes

de l'union transformante, de cette transsub-
stantiation psychique de la personne humaine
en la personne divine. Là s'applique l'ana-
gogie du *Cantique des Cantiques*; ce sont les
noces spirituelles, avec leurs divers modes;
les trois personnes divines descendront suc-
cessivement et opéreront en vous une triple
transmutation, qui est la renaissance véritable dont Jésus parle à Nicodème. Dieu
ouvre ses trésors au Jardinier, dont Il exauce
à l'avance toutes les demandes. L'homme a
si bien obéi et si longtemps que désormais,
à son tour, Dieu prendra plaisir à lui tout
accorder. Par une faveur singulière, il se
tient en équilibre sur la frontière du Relatif
et de l'Absolu; lui seul a le droit de dire de
lui-même : « Je suis le dernier, je ne suis
rien, je ne puis rien », car il peut sortir dans
le temps ou rentrer dans l'éternel selon qu'il
le juge bon. C'est un homme libre. Indifférent à son propre sort, il n'a plus souci que
de répandre le Bien, dût-il subir pour ces
ensemencements des siècles de souffrances.
La terre porte toujours au moins un de ces
êtres pour enrayer sa corruption. Mais personne n'est capable de les apercevoir, sauf

ceux qui suivent la même route; c'est pourquoi toute parole est vaine à leur sujet et je
ne prétends ici à rien de plus qu'à rendre
témoignage de ces mystères.

*
* *

J'ai voulu résumer pour vous, mes Amis,
en quelques pages, les centaines de volumes
de la théologie mystique, dont beaucoup sont
l'œuvre d'intelligences magistrales et de
saints. J'ai voulu en même temps approfondir
et agrandir leurs descriptions.

J'invite ceux d'entre vous qui en pos-
sèdent les moyens à refaire mes enquêtes;
mais qu'ils poussent leur analyse à fond;
l'ignorance vaut mieux qu'une demi-science.
Et comme, en définitive, toute pensée n'est
jamais qu'un commentaire à la parole de
Jésus, pour conclure, revenons ensemble à
l'Évangile.

Au lieu de suivre ce détail infini d'états
d'âme, de variétés d'oraisons, d'examens de
conscience, de pratiques dévotes, qui, avec
les commentaires d'un directeur sage, cons-
tituent l'école la plus savante de la vie spirituelle — je veux dire la mystique catholique

—, venez, mes Amis, chacun, tels que vous êtes, et placez-vous tout droit en face de Jésus.

Rassemblez vos forces, prenez votre souffle, considérez les obstacles, les aides qui vous attendent, l'importance, la grandeur, l'essentialité du résultat. Considérez que vous êtes sortis de la foule piétinante ; l'inquiétude des choses divines bat des ailes en vous. Rappelez à votre cœur le mot que Pascal attribue à Jésus : « Tu ne me chercherais pas si tu ne m'avais trouvé ». Puis relisez l'Évangile.

Vous y découvrirez d'abord que les visions, les extases, les miracles sont des grâces gratuites qui ne sauraient en rien signifier nos progrès ou nous en obtenir.

Puis, vous y verrez que tous les commandements, tous les conseils, toutes les maximes se résument dans la seule ordonnance d'aimer le prochain pour l'amour de Dieu ; que telle est la synthèse de toutes les volontés providentielles, le moyen de tous les perfectionnements, la clé de tous les mystères.

Vous y verrez enfin que Jésus nomme Son ami celui-là seul qui fait Sa volonté, celui dont l'amour va jusqu'à donner sa vie pour les autres.

Pourquoi chercheriez-vous autre chose ?
Voilà le chemin ; c'est la voie étroite, certes,
mais si blanche, si claire, et la plus courte.
Est-il donc tellement impossible de se dire
une bonne fois, une fois pour toutes : « A
« partir de la présente minute, je me donne à
« Jésus ; je me donne tout entier ; je suis tout
« à Lui ; je ne m'occupe plus que de Son ser-
« vice ; tout ce que je faisais jusqu'à présent,
« tous ces devoirs, tous ces travaux qui conti-
« nueront d'être mes devoirs et mes travaux,
« je ne les accomplirai plus ni pour leurs béné-
« fices, ni pour l'amour de personne que de
« Jésus. Je n'accepterai l'amour de personne
« que comme un don du Père ; je n'aimerai
« personne qu'en Dieu, comme une œuvre de
« Dieu. Je sais que le Père est avec moi ; je ne
« m'inquiéterai plus de mon sort, ni dans le
« terrestre, ni dans l'Invisible, ni dans l'Eter-
« nité. J'abandonnerai aux autres tout ce que
« je gagne dans le matériel et dans le spirituel.
« Est-ce que le Père ne tirera pas sans cesse
« de nouvelles choses de son trésor ? Que me
« fait l'enfer ? Et le Paradis, n'est-ce pas de
« travailler pour Dieu ? Et puis-je être heu-
« reux si je sens qu'une seule créature souffre

« encore au loin? Et le Ciel n'a-t-Il pas pro-
« mis, si je fais Sa volonté, l'exaucement de
« toutes mes demandes » ?

Ces vues ne vous semblent-elles pas
toutes simples, mes Amis? Les plus ignorants
peuvent les appréhender; elles épuisent la
science des plus savants, l'idéal des plus
artistes, l'ambition des plus volontaires;
elles comblent les désirs des plus aimants.

Faites-les donc vôtres; prononcez-les;
engagez-vous au service du grand Semeur;
enrôlez-vous dans la compagnie du grand
Soldat. Et non l'année prochaine, ni demain :
à l'instant même. Qui n'avance pas recule;
entrez dans ces guérets ; toutes les richesses
de votre nature y trouveront leur épanouisse-
ment. Il vous faudra tour à tour la tendresse
du petit frère d'Assise, la sérénité de Marc-
Aurèle, une volonté napoléonienne, l'ardente
candeur du Curé d'Ars, la pensée profonde
d'un Pascal, la parole charmante de Verlaine,
l'active compassion d'un Vincent de Paul, la
beauté d'un Giotto.

Enlevez-vous d'un coup d'ailes au-dessus
de ce monde et de tous les mondes; posez-
vous sur les parvis éternels, et de là, contem-

plez le vide des mobiles humains. Quels spectacles, mes Amis, quand on regarde l'univers des terrasses de la Sagesse divine; quelles immenses activités, quels miracles, quels éblouissements, quelles joies!

Mais vous seuls devez vous décide , vous seuls pouvez voir vos routes, choisir la béatitude immédiate de la présence divine, ou bien les désillusions perpétuellement renaissantes de la vie commune. Plutôt non, ce motif serait un raffinement d'égoïsme. Considérez plutôt que le Père vous offre le pouvoir d'amoindrir la souffrance universelle. Interrogez-vous. Aurez-vous le courage de refuser, par crainte, ce privilège divin? Supporterez-vous que, quelque part dans le vaste monde, une seule créature souffre, parce que vous n'aurez pas voulu lui apporter le baume?

Saisissez donc la charrue, mes Amis, jusqu'à la fin du labour. Quelles que soient vos peines ensuite, je vous proteste que jamais vous ne regretterez votre enthousiasme originel.

TABLE DES MATIÈRES

QUELQUES OUVRAGES DU MÊME AUTEUR

En distribution pour propagande au
siège du Comité :

> *Le Devoir spiritualiste*, br. in-16,
> 6ᵉ mille......... .... 0 fr. 50
> *La Vraie Religion*, br. in-16,
> 5ᵉ mille................... 0 fr. 10

Chez Georges Crès, 116, boulevard
Saint-Germain, Paris, VIᵉ.

> *Le Martyre de la Pologne*, br.

in-8°............................ 0 fr. 60

Chez A.-M. Beaudelot, 36, rue du
Bac, Paris, VIᵉ :

> *La Guerre actuelle selon le point
> de vue mystique*, in-8, 3ᵉ édi-
> tion..................... 2 fr.
> *Les Forces Mystiques et la
> Conduite de la Vie*, in-8, 3ᵉ édi-
> tion............. .... 4 fr.
> *Initiations, Contes pour les Petits
> Enfants*, in-8, 2ᵉ édition..... 5 fr.
> *Conférences sur l'Évangile*, Trois
> vol. in-8, 2ᵉ édition......... 15 fr.
> Etc., etc.

ACHEVÉ D'IMPRIMER

le 13 Août 1918.

MACON, PROTAT FRÈRES, IMPRIMEURS

www.ingramcontent.com/pod-product-compliance
Lightning Source LLC
Chambersburg PA
CBHW061701180626
46818CB00003B/1213